Sans toi!

À Claude

Édition publiée par les Éditions Scholastic, 604, rue King Ouest, Toronto (Ontario) M5V 1E1, avec la permission de Kids Can Press Ltd.

5 4 3 2 1   Imprimé en Chine CP130   11 12 13 14 15

Les illustrations de ce livre ont été faites selon la technique mixte.
Le texte est composé avec les polices de caractères Futura Light et Kidprint.
Conception graphique : Karen Powers

Catalogage avant publication de Bibliothèque et Archives Canada

Côté, Geneviève, 1964-
[Without you. Français]
Sans toi! / Geneviève Côté.

Traduction de: Without you.
Niveau d'intérêt selon l'âge: Pour les 2 ans et plus.

ISBN 978-1-4431-0691-7

1. Lapins–Romans, nouvelles, etc. pour la jeunesse.
2. Cochons–Romans, nouvelles, etc. pour la jeunesse.
3. Livres d'images pour enfants. I. Titre.

PS8605.O8738W5814 2011   jC813'.6
C2010-905879-8

Sans toi!

Geneviève Côté

Éditions
SCHOLASTIC

Arrête! Tu vas trop vite!

Ouste! Dégage la piste!

Tu ne fais jamais attention!

Tu t'énerves toujours sans raison!

Je ne veux plus jouer avec toi!

Très bien! Ça ne me dérange pas!

Je peux lire mon livre préféré sans toi.

Et moi, je peux cuisiner sans toi.

Je peux me déguiser sans toi.

Moi, je peux aller au parc sans toi.

Je peux peindre un tableau sans toi.

Je peux jouer un solo sans toi.

Mais mon livre est plus drôle
quand je le lis avec toi!

... Et mes biscuits sont meilleurs quand je les partage avec toi!

Je peux faire un tour de magie
quand je suis avec toi.

Je peux marquer un but quand je suis avec toi!

Mes couleurs sont plus belles
quand je suis avec toi.

Ma musique est plus douce quand
je joue pour toi.

Mon chariot devient un avion
quand je suis avec toi.

Ensemble on peut voler,
toi et moi!